漢語拼音真易學

③ 複韻母

畢宛嬰／著
李亞娜／繪

U0105846

新雅文化事業有限公司
www.sunya.com.hk

親愛的小朋友們，你們好！上兩冊我們學了單韻母、聲調和聲母，簡單的拼讀肯定難不倒聰明的你們。

這一冊我們來學其他的韻母，還要了解標調規則。

準備好，我們要開始啦！

複韻母

普通話拼音包括聲母、韻母、聲調三部分。前面的是聲母，聲母後面的是韻母和聲調。

第①冊我們學了單韻母，現在一起來學複韻母。大家還記得嗎？每一個單韻母就是一個字母，複韻母呢，就不止一個字母了，它們由兩個或多個字母組成。難不難？不難！發音很簡單！

在這一冊中，我們要學習：

ai ei ui ao ou iu ie üe er an
en in un ün ang eng ing ong

標調規則

　　拼音由聲母、韻母、聲調三部分組成。聲調符號要標在韻母頭上。有的韻母不止一個字母，應該標在哪個字母上面呢？

　　親愛的小朋友，還記得韻母中的六個大哥——單韻母嗎？它們是：a、o、e、i、u、ü。聲調符號只能標在它們頭上！一定要記住a、o、e、i、u、ü這個順序啊，因為要按照這個順序標聲調符號！

標調歌

有 a 標在 a，
無 a 找 o、e。
i、u 並列標在後，
i 上標調把點抹。

例：香蕉 xiāng jiāo
例：火車 huǒ chē
例：綉球 xiù qiú
例：一級 yī jí

ai

四聲
āi ái ǎi ài

xiǎo zhū dì di tài kě ài
小豬弟弟太可愛，

ài　　ài　　ài
愛、愛、愛，ai、ai、ai。

kāi xīn
k + āi = kāi 開心

qīng cài
c + ài = cài 青菜

ei

四聲

ēi éi ěi èi

8

讀一讀

xiǎo gǒu mèi mei wán fēi jǐ
小狗妹妹玩飛機，

fēi　fēi　fēi
飛、飛、飛，ei、ei、ei。

bēi bāo
b + ēi = bēi 背包

mèi mei
m + èi = mèi 妹妹

ui

(uei)

如果 uei 前面沒有聲母，寫成 wei。例：wēi 威

如果 uei 前面有聲母，uei 中間的 e 不用寫。例：huī 灰

四聲

uī　uí　uǐ　uì

讀一讀

yùn dòngchǎngshang zuì wēi fēng
運動場上最威風，

wēi　　wēi　　wēi
威、威、威，ui、ui、ui。

zuǐ ba
z ＋ uǐ ＝ zuǐ 嘴巴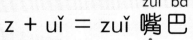

huī sè
h ＋ uī ＝ huī 灰色

āo áo ǎo ào

12

dé le jiǎng yě bù jiāo ào
得了獎也不驕傲，

ào ào ào
傲、傲、傲，ao、ao、ao。

miànbāo
b + āo = bāo 麵包

huā māo
m + āo = māo 花貓

ou

四聲

ōu óu ǒu òu

14

讀一讀

dà jiā dōu lái wèi hǎi ōu
大家都來餵海鷗，

ōu　　ōu　　ōu
鷗、鷗、鷗，ou、ou、ou。

g + ǒu = gǒu 小 狗
xiǎo gǒu

sh + ǒu = shǒu 手 掌
shǒu zhǎng

iu
(iou)

如果 iou 前面沒有聲母，寫
成 you。例：yōu 優
如果前面有聲母，iou 中間
的 o 不用寫。例：niú 牛

四聲

iū iú iǔ iù

xiǎo gǒu jiù jiu zuì yōu xiù
小狗舅舅最優秀，

yōu　　yōu　　yōu
優、優、優，iu、iu、iu。

hé liú
l + iú = liú 河流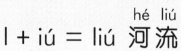

nǎi niú
n + iú = niú 奶牛

ie

四聲
iē ié iě iè

讀一讀

hóu zi yé ye zhāi yē zi
猴子爺爺摘椰子，

yē　　yē　　yē
椰、椰、椰，ie、ie、ie。

　　　　　　jiě jie
j + iě = jiě 姐姐

　　　　　　pí xié
x + ié = xié 皮鞋

üe

üē üé üě ùè

讀一讀

jié yuē yòng shuǐ yǒu jué xīn
節約用水有決心，

yuē　　yuē　　yuē
約、約、約，üe、üe、üe。

q + uè = què 麻雀
má què

x + uē = xuē 靴子
xuē zi

只有跟 n、l 相拼時，保留 ü 上兩點。

er

四聲

ēr ér ěr èr

ér tóng lè yuán zhēn hǎo wán
兒童樂園真好玩，

ér　　ér　　ér
兒、兒、兒，er、er、er。

ér zi
兒子
ěr duo
耳朵

er 不和聲母相拼。

an

四聲

ān án ǎn àn

讀一讀

tú shū guǎn lǐ zhēn ān jìng
圖書館裏真安靜，

ān　　ān　　ān
安、安、安，an、an、an。

bān jí
b + ān = bān 班級

lán sè
l + án = lán 藍色

en

 四聲

ēn én ěn èn

<ruby>感<rt>gǎn</rt></ruby><ruby>恩<rt>ēn</rt></ruby><ruby>的<rt>de</rt></ruby><ruby>事<rt>shì</rt></ruby><ruby>記<rt>jì</rt></ruby><ruby>心<rt>xīn</rt></ruby><ruby>間<rt>jiān</rt></ruby>，

<ruby>恩<rt>ēn</rt></ruby>、<ruby>恩<rt>ēn</rt></ruby>、<ruby>恩<rt>ēn</rt></ruby>，en、en、en。

p + én = pén <ruby>澡盆<rt>zǎo pén</rt></ruby>

m + én = mén <ruby>大門<rt>dà mén</rt></ruby>

in

四聲

īn ín ǐn ìn

28

讀一讀

jiě jie qín yīn zhēn měi miào
姐姐琴音真美妙，

yīn yīn yīn
音、音、音，in、in、in。

xīn xíng
x + īn = xīn 心形

gāng qín
q + ín = qín 鋼琴

un (uen)

如果 uen 前面沒有聲母，
寫成 wen。例：wēn 溫
如果前面有聲母，uen 中
間的 e 不用寫。例：lún 輪

ūn ún ǔn ùn

30

dūn xia qǐ lai zuò rè shēn
蹲下起來做熱身，

dūn　dūn　dūn
蹲、蹲、蹲，un、un、un。

ㄌ + ún = lún 車輪 ^{chē lún}

chē lún
ㄌ + ún = lún 車輪

mù gùn
ㄍ + ùn = gùn 木棍

ün

ūn ún ǔn ùn

 讀一讀

bù chī zǎo fàn huì tóu yūn
不吃早飯會頭暈，

yūn　　yūn　　yūn
暈、暈、暈，ün、ün、ün。

x + ùn = xùn 訓練

xùn liàn

q + ún = qún 裙子

qún zi

ang

 四聲

āng áng ǎng àng

讀一讀

jiā wù wǒ yě lái bāngmáng
家務我也來幫忙，

máng máng máng
忙、忙、忙，ang、ang、ang。

mángguǒ
m + áng = máng 芒果

tángguǒ
t + áng = táng 糖果

eng

 四聲

ēng éng ěng èng

péng you yì qǐ chuī hǎi fēng
朋友一起吹海風，
fēng　　fēng　　fēng
風、風、風，eng、eng、eng。

dēng long
d + ēng = dēng 燈籠

hán lěng
l + ěng = lěng 寒冷

ing

四聲

īng íng ǐng ìng

xīng xing péi bàn māo tóu yīng
星星陪伴貓頭鷹，

yīng　　yīng　　yīng
鷹、鷹、鷹，ing、ing、ing。

píng zi
p + íng = píng 瓶子

jīng yú
j + īng = jīng 鯨魚

ong

四聲

ōng óng ǒng òng

kōngzhōng yǒu zuò cǎi hóng qiáo
空中有座彩虹橋，

hóng hóng hóng
虹、虹、虹，ong、ong、ong。

h + óng = hóng 紅色

zh + ōng = zhōng 時鐘

親愛的小朋友，還有幾個韻母，根本不用記，一拼就拼出讀音了，快來試試吧！

以 i、ü 開頭：

i + a = ia   yā zi 鴨子

i + an = ian   yān wù 煙霧

i + ang = iang   zhōng yāng 中央

i + ao = iao   yāo qǐng 邀請

i + ong = iong   yōng bào 擁抱

ü + an = üan   yuán xíng 圓形

前面沒有聲母時，i 和 ü 的寫法不同，用 y 取代 i 和 ü。

以 u 開頭：

u + a = ua qīng wā 青蛙

u + ai = uai wāi le 歪了

u + an = uan wān qǔ 彎曲

u + ang = uang wāng yáng 汪洋

u + o = uo wō niú 蝸牛

u + eng = ueng lǎo wēng 老翁

前面沒有聲母時，u 的寫法不同，用 w 取代 u。

練一練

請補全缺失的複韻母。

ài　　ōu　　àn　　ěr

❶ hǎi＿＿＿＿　❷ ＿＿＿＿duo　❸ ＿＿＿＿xīn　❹ hé ＿＿＿＿

答案：① hǎi ōu ② ěr duo ③ ài xīn ④ hé àn

請按標調規則，為下面的拼音標上第一聲符號。

① bang

② ping

③ hui

④ hei

⑤ tan

⑥ tie

⑦ xin

⑧ xiao

⑨ hua

⑩ duo

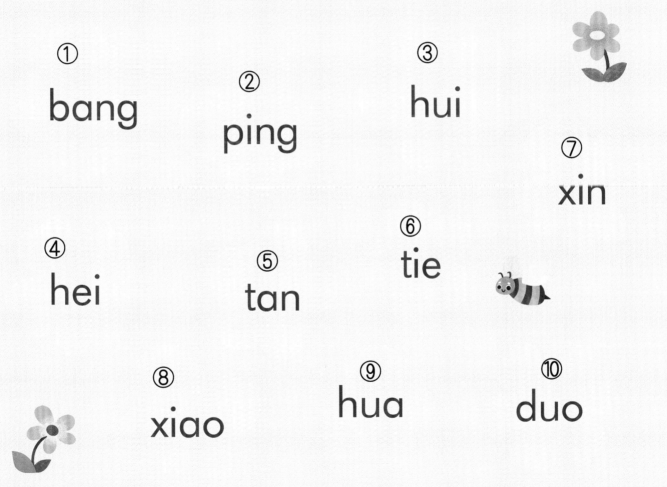

請把圖中的複韻母填上綠色，單韻母填上紅色。

答案：單韻母：a、o、e、i、u、ü
複韻母：in、ie、iu、ei、ou、an、un、ing、ong、eng

小朋友們，六個單韻母的順序都記住了吧？「標調歌」會背了吧？複韻母也掌握了吧？到此，我們已經學了單韻母、聲母、複韻母及標調。離完全掌握漢語拼音已經不遠了！加油！